TRATADO DE LA DELINCUENCIA

Roberto Arlt

Dos señores, que no conozco, y que son muy amables, al punto de llenar dos carillas a máquina, me escriben, entre otras cosas, lo siguiente:

Arlt, nuestra patria, o mejor dicho nuestros gobiernos, son de aquellos que borran con el codo lo que escriben con la mano. No se ría. Si usted comenzara a analizar todas las reglamentaciones y leyes que no se cumplen, tendría para llenar EL MUNDO, y si no veamos:

Se infringe el completo en los ómnibus y tranvías

a) El subir y el bajar de estos mismos coches en movimiento.

b) La venta de bebidas alcohólicas, desde las 24 del sábado al domingo.

c) Cierre de almacenes en los días de domingo.

d) Higiene en los conventillos.

e) Inmoralidad callejera.

f) Las quinielas, que le dan buenas ganancias a los comisarios.

g) Clandestinos de carreras.

h) La venta de billetes de lotería a su precio marcado, i) Venta de cianuro, j) Ordenanzas de tráfico, k) Mendicidad en las calles.

l) Los precios en las ferias francas, etc., etc., etc., etc., etc., etc…

La inutilidad de las leyes

Yo veo que de acuerdo a estos lectores son más las leyes que se infringen que las que se cumplen, lo cual le hace pensar a uno que las leyes han sido establecidas precisamente para eso, para que no se cumplan; lo cual viene a demostrar que éste es un país que cumple fielmente ese precepto de su Constitución, donde se asegura que es tierra de libertad par todos los hombres de buena voluntad.

Y yo creo que de esta buena voluntad se necesita mucha y muy robusta para recordar tantas leyes y para infringirlas a todas, y a las que no se infringen, quebrantarlas, y a las que no se quebrantan, violarlas, y a las que no se violan, se fuerzan, y a las que no se fuerzan ni se violan, se tuercen como medias de pobres, se adaptan como trajes de serie, quedando las pobres tan maltrechas, tan sin jugo, tan sin ley, que ya no son leyes, sino entuertos, y tienen tanto de derecho como la giba de un dromedario.

La coima

Es que estamos en el Imperio de la Coima, en el reinado del pichuleo, en el país de la granjería. Días pasados recibí la carta de un lector que firma Potito Mangianello; en recuerdo de aquel inefable Potito que anduvo mezclado en el lío de la Poey, Santiago y compañía.

Bueno; este señor Potito Mangianello me decía en la carta que los barrenderos municipales ganaban setecientos pesos mensuales, enviándome una lista de coimas organizadas, lista que uno de estos días reproduciré para asombro de las generaciones venideras y para actual orientación de estudiantes y otras gentes.

La coima; la coima es la polilla que roe el mecanismo de nuestra administración, la remora que detiene la marcha de la nave del estado (y esta vez es cierto el mito de la remora y la macana de la nave del estado); la coima es el aceite lustral con que cuanto bicho inspector y subinspector que vagabundea por ahí, lubrifica sus articulaciones y engorda su estómago; la coima es la madre de muchos bienestares, el alma de numerosas prosperidades, el ángel tutelar de los que venden aserrín por harina, achicoria por café, pan quemado por chocolate, mármol molido por azúcar; la coima es la diosa protectora de todos los tahúres que pululan en nuestra tierra, de todos los comisarios que entran flacos y salen gordos, de todos los magistrados que se taponan los oídos para no escuchar los alaridos de la justicia, ¿qué no es la coima, la enorme, la nutritiva coima?

Donde se clave la vista, allí está: invisible, segura, efectiva, certera. La coima es la que moviliza los escritos en un juzgado; la coima es la que arranca un certificado de buena conducta para un específico facineroso; la coima es la que le da ciudadanía de honestidad a un granuja cien veces más ladrón que el mal ladrón Gesta; la coima es la que ablanda y humaniza al inspector personudo, al abogado recio, al escribano melifluo, al oficial de justicia inexorable, al médico talentudo. La coima, invisible, penetrante, ardua e infalible, penetra por todas partes y compra al grande, al cogotudo y al severo como al pequeño, al modesto y al humilde que se conforma y transige con tal que le den para un café con leche.

Panaderos, lecheros, hueveros, mercaderes de aceite, de vino, de drogas, dueños de fábricas, de industrias, de millones, ministros, covachuelistas, embajadores, jueces, presidentes de cualquier cosa, escritores, periodistas, comisarios, no hay uno que resista la coima, no hay uno que no se doble a su amable presencia, que no se conturbe frente a su mocedad, que no se le rinda, después de una lucha más o menos larga. Y el que no coimea… deja coimear.

Por eso…

Por eso, cuando en su camita de hombre honesto, con los botines a la cabecera y las medias colgando de un travesaño de la silla, muere un hombre que manejó los caudales públicos y salió de las covachas administrativas tan ratón y tan pobre como entró, los magníficos furbos, los estupendos truhanes, los maravillosos sinvergüenzas, dicen, compungidamente:

Era un buen hombre, pero no sabía robar. Fue bien intencionado, pero no supo coimear.

Y es que las leyes, amigo lector que no coimeas (porque no puedes), es que las leyes se han hecho para eso: para dar de comer a innumerables y flacos pelafustanes, a indescriptibles y gordos tiburones. Si no se pudiera robar, ¿qué fin habría en hacer gobierno?

La trabajó de prepotente hasta hace unos años por los barrios de extramuros, pero en las comisarías del deslinde le zurraron tantas veces la badana, que optó por emigrar, y hoy honra con su presencia La Mosca, Villa Industriales, Villa Trabajo y Lanús Oeste.

Pinta brava

Si es hijo de extranjeros, tiene la pinta colorada, como Juan Moreira, que era pelirrojo y tenía ojos verdes; si es criollo, parece tallado en madera clarobscura. Gasta sombrero mitrista. ¿En qué fábrica se cortan estos sombreros, ahora de exclusivo uso para maleantes? Porra panzuda en la nuca, camiseta con franjas, alpargatas y faja. Conoce a todos los reseros. Fue él también peón de playa, alguna vez, y después se esgunfió. Desde entonces no trabaja. El robo le gusta poco, y a un trabajo de escalo con fractura, prefiere el alevoso golpe de furca y la puñalada trapera, que se da para robar cincuenta centavos y medio paquete de cigarrillos Brasil a algún pobre turco que trabaja en el Dock Sur.

Lo pudrió la civilización

El debía haber estado toda la vida en el campo, no haber salido de una estancia situada a trescientas leguas de Buenos Aires, pero la fatalidad le hizo orillar Mataderos. Luego conoció las fábricas de Avellaneda y Boca; tuvo su carrito, laburó de transportero, se complicó de la forma más estúpida en un robo, y cuando quiso acordarse, tuvo el manyamiento encima y un prontuario a la cola. Y el alma se le agrió.

Los amigos

Estuvo algunos meses en Encausados, aporreó a un guardián, conoció el triángulo, se hizo erudito en las leyes que dan el vuelco a un desgraciado hacia Ushuaia, y las horas muertas las pasó jugando a los naipes. En el escolazo se olvidó de la calle y de la libertad; salió, volvió a entrar por darle dos bifes a un gil; salió, entró por una borrachera complicada con atentado a la autoridad; salió, lo trincaron sin que hiciera nada, y por no hacer nada lo raparon, le dieron unos lonjazos y lo pasaron para Contraventores, y desde entonces conoció el fatal trentenario, el retrato en los diarios con las entradas enumeradas, los apodos en lista interminable; y él, que no había sido nada más que un poco prepotente, adquirió fama de guapo, de peligroso y de maleante. En este giro por las seccionales, conoció ladrones, asesinos, furquistas, biaberos, y sin ser lo uno ni lo otro, guareció en su rancho de Villa Modelo o de Villa Industriales a los maleantes más famosos, y albergó a Juancho, y jugó un truco con la Vieja, y una vez casi lo apuñalea a Saccomano y protegió la fuga del Brasilero, y hasta le prestó unos pesos al Mañoso, que luego fue quemado a tiros en un picnic de reos en Vicente López, y hasta hizo cuenta en lo de los hermanos Trifulca…

Un día lo procesaron por encubridor. Salió; le metieron la mula los tiras, y sin comerlo y sin beberlo, le cargaron un hurto con prueba, y volvió a entrar…

Salió más amargado y facineroso que nunca. Cambió de domicilio y se instaló en los deslindes de Lanús Oeste, a media cuadra de la Pampa, a ver si lo dejaban tranquilo. A su lado, como caída del cielo, o brotada de un pantano de tachos, se instaló una china. Y tomaron mates juntos y asaron en compañía.

La pareja

Los dos le tienen asco a la yuta; los dos tienen la mirada avizoradora de las fieras que saben que algún día morirán hechas pedazos por la civilización. Y cuando, a lo lejos, se oye un galope, los dos salen como brotados de la puerta del rancho, y haciendo, ante los ojos, visera con las manos, espían el confín para ver si no es uno de gendarmería montada.

Nadie sabrá sobre la tierra lo mucho que quiere esa china a ese facineroso. El manda y ella obedece. Desconocen las palabras de ternura. Hablan poco. Cuando ceban mate se quedan a la orilla del brasero, él, con el ala del sombrero negreándole la frente, ella, con la pavita colgando, por la manija, de una mano. Desconocen las palabras de ternura, pero cuando se produce un allanamiento, la primera en esgrimir la cuchilla, la primera en tapar el hueco por donde escapó el perseguido, es ella. Él no se mueve. Permanece en la orilla del banquito, taciturno, el ala del sombrero negreándole la frente.

Él no trabaja. ¿Para qué? ¿Para que en las primeras de cambio lo metan preso? La china, sí; sale, se las rebusca, engaña a algún infeliz del Dock Sur, le saca la quincena o arrebata, al descuido, cualquier cosa de la puerta abierta de una casa. Pero para la yerba y el asado siempre trae. Para eso es mujer y tiene un hombre. Y una mujer como ella sólo tiene un hombre cuando lo puede mantener. Si no, anda sola.

Como la mujer honesta, tiene su vanidad: la de saber atender a los amigos ladrones que vienen a visitar al compañero.

Y un día...

Un día es la aventura de muerte. Salen a un asalto; un trabajo simple. Es un desgraciado que de dos bifes se le sosiega; pero el desgraciado, como esos bueyes que de una cornada matan al diestro más espabilado, el desgraciado repele la agresión a tiros, le desfonda la cabeza a uno de los furquistas y él, el facineroso, escapa con una bala en el vientre. Siente que se muere en el camino; la vida se le escapa por ese agujero sangrante; y arrastrándose, llega hasta la puerta del rancho. Esa es su única voluntad: llegar hasta allí.

Como a una criatura, lo recoge entre sus brazos la china. Lo mira y ve que él se le muere, y entonces, invocando la Virgen, una Virgen parda que conoció cuando chica, recuesta a su hombre, le da un trago de caña; pero como una res, él yace, y se muere despacio..., se muere con la mirada fija en las crenchas negras de esa mujer obscura que, como una deidad pampa, está a su lado, confeccionando ungüentos.

Y cuando él muere, la mujer se arrodilla y reza.

El crimen en el barrio

No me refiero al barrio céntrico, sino al barrio de la orilla; Mataderos, cercanías del arroyo Maldonado, sur de Floresta, radio de Cuenca, Villa Luro, Villa Crespo, etc., etc. Estos barrios, de casas amontonadas, de salas divididas en dos partes, donde en una trabaja el sastre y en la otra se apeñusca la familia, son mis tierras de predilección. Allí se desenvuelve la vida dramática, la existencia sórdida que, cuando yo tenía doce años, aprendí a admirar en las novelas de Carolina Invernizio, y ahora en las de Pío Baroja. Con la diferencia, claro está, que ahora todos esos barrios me son familiares. Los he recorrido en tantos sentidos y tantas veces, que puedo especificar cuál es la característica de una carnicería que está a dos cuadras antes de llegar a la plaza de Vélez Sársfield, por Avellaneda.

Pobreza

Allí la gente vive pobremente. Con presupuestos que sufren un espantoso desequilibrio cuando faltan diez pesos del mensual. Una casa es morada de varias familias; la enemiga común, la dedicada al espionaje, la buscadora de perlas del caserón, es la encargada, y la gente vive odiándose por pequeños chismes que van y vienen, atisbando la vida del vecino, mordiéndose las uñas en un fermentar de odio que a veces estalla en el crimen sensacional.

Entonces, todo el aburrimiento que se alberga en esas almas sin distracciones, estalla como una bomba fulgurante. Parece mentira, pero yo he oído, al entrar a la casa donde un hombre había liquidado a su mujer y dos hijos, estas palabras de varias mujeres:

El crimen debió ocurrir el sábado pasado.

Esto es formidable. Durante cinco días la gente de esa calle había estado aguardando el acontecimiento, olfateándolo en conversaciones cuchicheadas; esas conversaciones que al llegar interrumpen los maridos, pues prevén una pejiguera de órdago si se le consiente a la mujer que ande echando aceite al fuego.

Placer de pobres

Cuando la mujer inicia el relato del chisme, el marido, lo primero que exclama es:

¡Cállate la boca; déjate de macanear! La mujer calla, pero entonces, el hombre, que está aburrido de ocho horas de fábrica, que no tiene ganas de ir hasta el almacén de la esquina, dice:

¿Así que hay un lío?…

No ha terminado de pronunciar estas palabras cuando el vecino de la otra pieza se acerca y comenta:

¡Pero quién diría, amigo! ¿Se da cuenta? La del sastre habla con el carpintero de la esquina. El cuanto el gringo lo sepa, la mata.

Es fija; la mata.

Y todos, de pronto, se quedan estáticos, meditando, saboreando el contenido de la palabra matar, gozándolo profundamente, imaginándose la tragedia y estremeciéndose de un placer que no quieren confesar.

Esa noche el sastre recibe un anónimo.

Después del crimen

Después del crimen todos respiran aliviados. ¡Por fin se han confirmado las presunciones! Y la gente, que ha vaticinado el suceso, exclama, gloriosamente, tomando por testigos a los que les escucharan:

¿No le había dicho yo? ¿No le había dicho? ¿Ha visto cómo no me equivoqué?

La satisfacción de no haberse equivocado es tan intensa, que si aquí hubiera una cinta de la Legión de Honor, estos búhos la reclamarían en premio de sus servicios a la pesca del suceso.

Y como el crimen ocurre, fatalmente, en las horas de la noche, o al amanecer, poco después que el hecho se produjo, el barrio aparece revuelto como un avispero, o un hormiguero después de una inundación.

En cada puerta hay media docena de mujeres. Las vecinas, que, por dimes y diretes, no se saludaban, en esta oportunidad hacen las paces. Las que han hecho las paces se tratan con exquisita cordialidad. Se dicen:

¡Pero quién lo iba a decir, señora! ¿Eh?

¿Ha visto, señora? ¡Una mujer que parecía tan de su casa…!

A mí no me parecía trigo muy limpio. ¡Qué quiere que le diga, señora! Yo le había visto unos saludos demasiado amables con el esposo de la partera… ¡En fin…! Que descanse en paz, la pobrecita…

¡Pero, qué bárbaro! ¡Veintisiete puñaladas y tres tiros…!

El chafe, que está en la puerta de la casa del drama, no deja pasar sino a los inquilinos. Periodistas van y vienen; los fotógrafos le dicen cuchufletas a las mocitas que, frente a la casa, se cruzan de brazos, menean la cabeza y, cuando se ríen demasiado fuerte, reprimen la carcajada subsiguiente, porque la difunta está estirada allí adentro esperando al juez.

Satisfacción

Ese día todo el mundo almuerza satisfecho, con apetito. Cierto es que la sopa está quemada y que la tortilla se pasó, y que las papas del puchero están crudonas; pero nadie repara en el pan habiendo tortas de acontecimiento. La gente no sabe por qué, pero almuerza, satisfecha, con una cosquilla de alegría hormigueando en el alma; y el almacenero que, por razones de caja, no ha podido dejar el mostrador, estira el pescuezo fuera de la trastienda, o mientras despacha medio kilo de azúcar, sin olvidarse de robar cien gramos, pregunta:

¿Así que le dio veintisiete puñaladas…?

Justitas.

¡Cómo ocurren las cosas, doña! ¿Eh?

Y, así es la vida.

Pero todos están, en el fondo, satisfechos de que así sea la vida; esa vida que, para ellos, sólo es llevadera por los crímenes que la enrojecen.

Me han contado el siguiente caso, que es divertido por lo original.

Un sujeto, que dice haber descubierto una martingala para ganar a la ruleta, ha cruzado el charco para Montevideo doce veces, con distintos candidatos que, como es lógico, han podido regresar luego al país únicamente con lo puesto. La forma como este engañador engañado embauca a los ingenuos es sencillamente admirable.

No es una martingala…

El mencionado fulano comienza por declarar a las personas que, para desgracia de ellas, le conocen incompletamente:

Yo no quiero hablar (pero habla). No puedo hablar. Usted venga a mi casa y yo le demostraré, práctica y científicamente, que lo mío no es una martingala, sino un sistema; un sistema bondadoso para ganar. Yo no quiero hablar. Yo soy como los ingleses. Hechos, hechos, no palabras.

El candidato vacila; da vueltas una idea en su cabeza, luego insiste:

Pero ¡hable, hombre, hable usted!… Explíquese.

El de la martingala se rasca la borbónica nariz, endereza el busto, adopta la posición de un conde en el salón de una embajada, y contesta:

Yo soy como los ingleses (es de origen napolitano). Hechos, señor. Deme Ud. hechos. Así soy yo. Ahora, como amigo, puedo ofrecerle a usted el siguiente favor: invitarle a mi casa y demostrarle práctica y científicamente la bondad de mi sistema. No confunda usted con las martingalas. Hay muchos locos por allí, y lo mío, ya sabe usted, es sistema, bondadoso sistema para ganar. Visíteme en mi casa. Y ahora perdone mi reserva.

Por lo general, el candidato, intrigado, visita al engañador engañado, y la casa del borbónico turro, no es casa, sino un altillo desmantelado y lóbrego, con un catre, una mesa y una ruleta. En los muros campean algunos volúmenes atorrantes llenos de números y el Boletín Semanal de Monte Carlo.

¿Cuánto quiere que le gane?

Entra el candidato, y el del bondadoso sistema le dice:

¿Cuánto quiere que le gane, señor? ¿Cien mil pesos? Bueno. Si usted me permite le voy a ganar cien mil pesos en siete jugadas.

Demás está decir que los cien mil pesos son imaginarios o teóricos o de grupo.

Ni uno ni otro han visto cien mil pesos en su vida, ni en cinematógrafo, de modo que el candidato, que nada tiene que perder por el momento, acepta perder cien mil pesos inexistentes, es decir, se coloca en la posición del banquero, y el de la borbónica nariz hace su juego. Y ahora, aquí ocurre lo extraordinario. Sea que la ruleta esté desnivelada, sea que el eje se haya falseado, en fin, vaya a saber por qué misterio, el de la nariz gana en diez jugadas, no en siete, como prometió, cien mil pesos, y el candidato se queda lívido de admiración. Pero entonces, lo del bondadoso sistema no era grupo! Entonces, ¡ese hombre puede hacerse el más rico del mundo!

Vuelven a jugar, y el de la martingala no, sistema sí gana. Y gana los millones de la tierra en pocas horas. Acierta en los colores, en las calles, en las líneas, en los números. Y entonces, el engañador engañado, dice:

¿Ha visto? Yo soy como inglés. Palabras…, quiero decir hechos, no palabras.

Si el candidato es medio zonzo se convierte, desde ese momento, en un imbécil perfecto. Lo cuida al del sistema como la madre cuidaría al niño. Hacen nuevos experimentos y éstos nunca fallan. No hay vuelta: el otario cree estar en presencia de un Newton de la ruleta y de un Einstein de los números. Y un buen día, con tres o cinco mil pesos, que el ciudadano ha reunido a costa de mil fatigas, van para Montevideo, y allí, ¡allí pierden hasta la camisa!

Lo que ha ocurrido

Lo que ha ocurrido es que el sistema es bueno para la Argentina, pero no para el Uruguay. Allí los sistemas no dan resultado. Las martingalas se van al bombo, como los más bondadosos procedimientos. Esas son ruletas que no quieren saber de tretas domésticas ni de nada. No se casan con nadie.

¿Y no lo han asesinado todavía al engañador? me preguntarán ustedes.

No, todavía no lo han muerto. Y lo más curioso es que siempre encuentra una explicación para sus pérdidas. Una vez dijo que la ruleta de Montevideo estaba mal, otra que el candidato lo había engañado no llevando el suficiente dinero para resistir los números que se negaban, otra que no ganó por estar nervioso, y así siempre en sujeto encuentra una razón para justificar y hallar lógico el no haber ganado. Claro está que es lógico que esto suceda; pero al damnificado no debe parecerle así, y, sin embargo, al tío no lo descalabran.

Dateros

No creo necesario insistir en la psicología del engañador engañado. Ya me he ocupado otras veces. Ahora bien; estos hombres, el día que se convencen de que su sistema sólo era bondadoso para permitirles pasar quince días en la buena, y el resto del mes en la mala, estos sujetos se convierten en dateros. Aquel personaje lívido y mugriento, que con una libretita en la mano merodea en torno de las mesas donde se juega, y le dice al jugador que dispone de dinero, con tono misterioso y profético: ! Vea, señor: el número tal se ha negado cincuenta y ¡cinco veces. Aquí tengo las jugadas anotadas. Juéguele a ese número, que va a ganar.

Y el otro apuesta, y a veces gana y entonces aparta de su ganancia unos pesos. Es la propina para el datero, para el hombre que, cuando fue joven, la fue de haragán metafísico, cuando adulto, de inventor de sistemas, y ahora que es anciano, es esto: datero.

EL ABOGADO EN LOS ENTIERROS

Ayer, por la tarde, me llamó un señor por teléfono. He aquí sus palabras:

He leído su nota sobre el individuo que se desayuna con la columna necrológica de los diarios. ¿Por qué no escribe sobre los abogados que concurren, a granel, a los entierros de los comerciantes y gentes que pueden dejar una herencia, y también sobre el precio de la leche que está muy cara y es pura agua?

Pero como a mí me parecen menos ponzoñosos los abogados que los bautizadores de la leche, me ocuparé de los primeros, que los segundos buenos cristianos son, y no sólo que lo son en la intención, sino también en los hechos, pues adulteran un litro de agua con un cuartito de leche, y si yo fuera lechero, también lo haría, que menos sabrosa es el agua sin leche que el agua con leche.

Los abogados

Hay abogados que son la ponzoña de toda ciudad. No sólo que le chupan la sangre a las viudas, sino que también se beben las lágrimas de los huérfanos, y hay de ellos bestias tan dañinas, que el estómago les es demasiado grande para contenerlo al Pasaje Barolo o a la Granja Blanca. Gente temibilísima y más voraz que los tiburones. Individuos de tretas jurídicas, bandoleros de los códigos, intérpretes del diablo, que vuelven lo negro blanco y lo blanco negro. Cuanto más pequeños y más pálidos son estos malandrines, más voraz es su apetito. Entran en las herencias como los hulanos en las ciudades, y el paso de estos hombres se reconoce como el de Dios, que dice en las Escrituras: Conoceréis mis rastros por el número de muertos que queda tras de mí.

Así es la huella que dejan estos monstruos pálidos. Testamentaría que cae en su poder la descuartizan, revuelven, confunden, alborotan, deshacen y alteran de tal manera que después no bastan todos los jueces y fiscales para acumular el número de barbaridades que estos letrados cejijuntos amontonan en tan breve tiempo.

Ponzoña de las ciudades. Donde aparecen introducen la inquietud, el temor, la duda. Dislocan las relaciones de los parientes, enturbian los contratos de los comerciantes, hurgan en la buena fe de los honestos, oxidan la decencia de los regenerados, enaltecen la sin razón de los pillos, humillan al continente de los tímidos, ensalzan los proyectos de los grandes bandidos, persiguen al pudoroso, le arman líos al ignorante, le tienden celadas al de dinero; y en tal manera alteran la paz de las ciudades y la amistad entre los hombres, que debía expulsárseles de todas las repúblicas, como los enemigos más peligrosos y dañinos, y recluírseles en un islote, para que pleitearan entre ellos, y entre ellos como buenos cuervos, se sacaran los ojos.

El abogado en un entierro

Y también, como los cuervos, que desde las alturas distinguen con su feroz pupila los cadáveres del camino, acudiendo con diligente vuelo a despedazarlo (no sé qué me pasa hoy que estoy escribiendo en clásico), así los curiales, abogados, notarios y procuradores, acuden al entierro de los comerciantes para despedazarle la herencia, comerle las ganancias, devorarle los fondos, digerirle la fortuna, descoyuntarle los bienes.

¡Qué fieras!

Estos son los hombres que se leen la lista necrológica de los periódicos al salir el sol, y que saludan la mañana de Dios, y el día del planeta, con un proyecto de saqueo y un plan de pillaje.

LA GRAN MANGA

Una lectora me escribe pidiéndome que me ocupe de la psicología que revela el color de los ojos, agregando: ¿No cree usted que el color determina la calidad de carácter, y que el que tiene ojos marrones es distinto al que los tiene de otros matices? El tema es interesante, aunque yo, personalmente, he conocido innumerables pilletes que, a pesar de tener los ojos de todos los colores, eran parecidos como una gota de agua a otra, en lo que atañe a hacer barrabasadas.

Y, a propósito de barrabasadas, estoy acordándome ahora de las mangas, de las grandes mangas que, con el pretexto de levantarle un monumento a un generalito analfabeto, organizan en nuestro país furbos que tienen los ojos con más colores que un camaleón enfurecido.

Pro el héroe

Los hombres se dividen en dos categorías: tontos y vivos. Los tontos constituyen mayoría; los vivos, minoría. Esta minoría se dedica, asiduamente, al estudio de las formas legales y de los procedimientos de sacar plata a los zonzos.

Porque no hay como los zonzos para responder a esos requerimientos. Y, sobre todo, a las colectas en pro del héroe. De cajón está, que el héroe siempre es un muerto, si no pediría a gritos su parte de toco en la colecta que le hacen los vivos.

Expliquémonos.

Dos o tres vagos, explotando amistades políticas, se reúnen y deliberan. Después de estas deliberaciones, llegan a la conclusión de que Buenos Aires y las provincias tienen todavía un alto porcentaje de otarios, y, sentado en este principio, que es la base fundamental de la nueva empresa, los vivos delegan a otro para que en los archivos de cualquier museo encuentren un héroe, con el cual se pueda engrupir al público y hacerle aflojar la mosca.

La busca del héroe lleva algún tiempo, hasta que al fin exhuman a un generalito, o a un poetón, uno de esos poetones abominables y patrioteros con que nos echaron a perder el gusto cuando éramos pequeños y acudíamos a la escuela.

Inmediatamente la camarilla de bandoleros comienza a buscar firmas; firmas prestigiosas, firmas conocidas, de generales, políticos, damas del gran mundo, fantoches campanudos, administradores célebres por sus bancarrotas, comisarios de policía jubilados, poetas con aspiraciones al bombo, y se le hace la plataforma al héroe elegido.

La plataforma

La plataforma consiste en decir que es un escándalo que el generalito X, que se pasó la vida haciendo macanas, emborrachándose y ganando una batalla de casualidad, esté sin estatua, o que el poetón XX, que escribió unos versos abominables, carezca de un busto en cualquier plazoleta, donde van los atorrantes a exterminar sus familiares e incómodos parásitos.

Y los zonzos comienzan a indignarse. ¿Que el generalito X esté sin estatua? ¡Es un horror! ¿Que el poetón XX carezca de un busto para apeadero de los pájaros y recreo de los cocheros? ¡Es un crimen! Y entonces comienza a hacérsele el tren al héroe. Los diarios hablan pestes del gobierno, que se ha olvidado del héroe. Una poetisa, más bruta que un diamante sin facetar, escribe un artículo sobre el héroe; y un poetiso, para no ser menos, le hace eco. Y el generalito analfabeto, que pasó la vida chicando coca, y que ni supo firmar, se convierte, de un día para otro, en uno de esos héroes sentimentales que hacen lloriquear a las planchadoras y lavanderas.

El cónclave de pillos continúa trabajando.

Hace una lista de las comisiones y de los miembros de las comisiones. Comisión pro las botas del generalito. Comisión pro el cinturón del generalito. Comisión pro los bigotes del generalito. Subcomisión patrocinadora del caballo del generalito. Y así hasta cansarse.

Luego las comisiones de damas salen a buscar plata. A todo aquel que contribuye con cinco centavos, se le hace figurar en una lista que los diarios, para llenar espacio, no tienen inconveniente en incluir en alguna página. Y así sigue la farsa. Los zonzos aflojan los pesitos, y dicen:

Pero, ¿cómo? ¿Usted no ha contribuido para adquirirle una bigotera de bronce al generalito X? Pero, ¿cómo? ¿Usted no sabe que hirió a tres indios en la campaña del; siglo tercero? O si no:

¿Es posible que usted se niegue a formar para fundir la estatua del poetón XX? Pero, ¡usted es un hereje! ¡Usted es un tacaño!

Y si usted...

Y si usted llega a decir que no cree en esas farsas, y que se le da un ardite que el presidente honorario del tal cónclave sea el mismito Excelentísimo Presidente de la Nación, como lo ponen con todas estas palabras los embaucadores, la gente se indigna. Dicen que usted es un cínico, un individuo sin sentimientos patrióticos, un enemigo del país...

Ahora bien; los patriótico sería suprimir definitivamente estas sociedades que se organizan para explotar la estupidez y la ingenuidad ciudadana. Si el país necesita de estatuas para sus generalitos y poetones, que las pague el gobierno.

Es idiota que los particulares traten de enmendarle la plana al Estado. Los muertos no necesitan estatuas absolutamente para nada, y menos en esta ciudad, donde ya abundan para vergüenza de la estética edilicia, bodrios escultóricos que parecen centros de mesas cursis, comprados en algún bazar suburbano.

Si termináramos de una vez con el culto idiota a los pseudo héroes, se acabarían los malos monumentos, y los furbos patrióticos que se dedican, con vistas a una substanciosa colecta pro monumentos a patricios, injustamente olvidados, a buscar fondos, harían menos viajecitos a París y tendrían que trabajar de verdad para ganarse el sustento.

Una de las más gloriosas y tradicionales instituciones criollas era la del «pechazo». Mis conocimientos etimológicos adquiridos en mis largos viajes por la Boca, Paseo de Julio, Puente Alsina y la incomparable calle Cuenca, no han podido revelarme el origen de la palabra «pechazo». Sólo un incidente, acaecido en mi vida de adolescente y del cual guardo un recuerdo indeleble en mi corazón, me acercó un poco a la verdad de ese vocablo, en un tiempo glorioso y ahora en ingrato desuso.

Cómo descubrí el origen del vocablo

Una vez me encontraba yo en un restaurante. De pronto se acercó a mi mesa uno de esos bergantes vergonzantes. Un bergante vergonzante es el sujeto que hace diez malandrinadas por día, pero las hace con timidez, con el recato seguido del arrepentimiento que un joven seminarista, en día de asueto, mira, en el tranvía que lo conduce a la casa de sus padres, a una mocita de grandes ojos y de silueta de figurín de modas. El tal bergante de mi historia se acercó a mi mesa, se sentó a ella y, después de decirme que tenía algo muy serio que comunicarme, me habló de esta manera:

—No sé qué pensará usted de mí pero, joven amigo, le voy a hacer una dolorosa confidencia.

Yo lo miré con piedad y con desconfianza. En primer lugar, porque la cara del sujeto inspiraba lástima y, en segundo lugar, porque yo, que apenas había cumplido los diez y siete años y que ya gozaba de una bien ganada fama de irresponsable, no era candidato para que nadie me tomara por blanco de sus confidencias.

El hombre continuó:

—Me hallo en una situación verdaderamente angustiosa. Al salir de casa dejé la cartera en el otro traje. Vine a comer a este restaurante y en el momento de pagar me doy cuenta de que no tengo un centavo.

Le miré la cara y luego le miré el traje. Ese no tenía cara de tener otro traje que el que llevaba puesto. Quise escurrirme. No había caso.

—¿Se da cuenta de mi situación? ¿Qué hago? —y lanzó un suspiro profundo como el rebuzno de burro bien alimentado.

Yo me acordé de lo que solía hacer un amigo mío, que era corredor de conservas en latas y comía en fondas y restaurantes.

—Firme la adición —le dije.

El hombre de las dos caras y del único traje, movió negativamente la cabeza.

—No, no hay caso. No me conocen lo bastante. ¡Si encontrara quien me prestara un par de pesos!…

Me puse pálido. El tiro iba para mí. Yo tenía un par de pesos pero eran para pagar mi comida. Se lo dije.

Trabajito fino

El hombre se acercó aún más y, suavemente, sentí que su mano se posaba sobre mi brazo y su voz se hacía cada vez más temblorosa.

—Sálveme, joven amigo, de esta situación. Usted me los presta ahora y yo se los devuelvo mañana. O ¿por qué no hacemos una cosa? Usted me pasa su par de nacionales; yo pago y salgo a buscar plata. Es cuestión de cinco minutos. ¿Qué le parece?

Y yo sentí que su mano ya no se apoyaba en mi brazo. Sus dedos, con la presión de un ahogado que ya se ha ido debajo del agua por segunda vez, estaban prendidos a la manga de mi saco y tironeaban nerviosamente. ¡El hombre me estaba tirando «la manga»!

Comprendí, entonces, dos cosas importantes; se develaron ante mis ojos dos misterios profundos: me quería substraer mis dos únicos pesos y había descubierto el verdadero origen de esa popular expresión «tirar la manga».

No es necesaria la manga para tirarla

Se puede tirar la manga sin tocar siquiera esa parte de la vestimenta masculina. Yo he visto tirarla a tipos en trajes de baño. Los que aplican como los que sufren ese procedimiento algunas veces infalible, saben eso. Porque tirar «la manga» ha tiempos significaba «pechar». Pero cuando la víctima se niega rotundamente a aflojar la plata que honesta o deshonestamente le cayó en el bolsillo, el aspirante a ella, temeroso de que el candidato se le escape y no animándose a tomarlo francamente de un brazo, lo agarra de la manga. Una vez así agarrado, pone más melifluo el tono de su voz, agacha dolorosamente la cabeza y larga una serie de suspiros, que es como quemar los últimos cartuchos.

Pero para un buen «manguero» no es necesario tener ninguna manga a tiro. Esos son tipos capaces de tirarle la manga al viejito que compone el grupo escultórico de «Los primeros fríos» que, como se sabe, los siente en todo su rigor porque el pobre anciano no tiene ni una marchita hoja de parra para abrigarse.

AHÍ VIENE LA CANA

Ha fallecido el comisario Racana, que diera origen con su nombre a la imagen «¡ahí viene la cana!».

Así se lo contó, en cierta oportunidad a Josué Quesada el dicho comisario, quien narra que cuando era oficial inspector, se había hecho popular en ciertos barrios por sus razias contra los malandrinos. Y los chicos, en cuanto a la distancia veían aparecer la popular figura del comisario, lanzaban el grito de alarma: «¡Ahí viene Racana!».

Pero tanto usaron al apellido que éste terminó por desgastarse y la R y la A se fusionaron en «la».

Grito de alarma

El grito prosperó primero entre los pibes que jugaban al football en medio de la calle. De eso hace muchos años, cuando aún no existía el subterráneo y los terrenos que hoy cuestan cincuenta pesos la vara, estaban ocupados por hornos de ladrillos.

Jugar al football en medio de la calle o en las calzadas, fue siempre un juego prohibido y perseguido por la policía de aquellos buenos tiempos. Los ladrones, entonces, tomaban el sol en las esquinas del arrabal; los vigilantes los conocían, pero como un ladrón era más peligroso que un muchacho, «la cana» se ensañaba con los futuros Tarasconi, Tesorieri, Monti, Paternoster, Ferreyra y Ochoa. Perseguía a los menores y a la pelota, más a la pelota que a los menores. Se hacía en cualquier vereda un partido de gambeta y pechazo y, cuando la partida estaba en lo mejor y se habían roto varios vidrios y atropellado a innúmeras comadres que venían de la carnicería, al trote de su jumento escuálido aparecía «la cana». La cana designaba al gremio de polizontes; no se refería a uno en especial, sino a la policía. «Ahí viene la cana» así como más tarde al gremio de investigaciones se designó con el nombre de la «yuta» y «ahí viene la yuta» fue un término de alarma entre los ladrones, como el anterior lo fue entre los «footballers» callejeros.

Indignación

Recuerdo que no había grito que indignara más a los vigilantes que este «ahí viene la cana». La susodicha indignación, casi siempre, recaía sobre la pelota de jugar al football, pelota que secuestraba el «chafe» y gloriosamente llevaba bajo el brazo hasta la comisaría. En aquellos tiempos ese procedimiento era una forma de hacer méritos, como lo hacen hoy los agentes de tráfico encajando una multa por cualquier pavada. (El caso es pasar boletas).

Demás está decir que entre la purretada y la policía mediaba un odio tremendo. El arrabal de aquel entonces tenía un periodiquín nocturno que se llamaba *El Picaflor Porteño* y una barra de maleantes que, en cuanto podía, achuraba a la policía sin escrúpulos de ninguna especie.

Los chicos tomaban ejemplo de los grandes y recuerdo que el deshonor caía sobre la familia que tuviera entre sus miembros un individuo que trabajara de vigilante.

Estos, a su vez, abominaban de la gente arisca; pero como contra ella nada podían hacer porque los caciques políticos defendían a los maleantes, «la cana» se ensañaba con los chicos. Parece mentira, pero es así. En la calle sudaban sujetos que tenían un montón de muertes en su haber, mas no era raro el día en que un mocoso era detenido por hacerse la rabona; y recuerdo que un amigo mío (se había hecho la «rata») por intentar escabullirse de entre las manos del vigilante, fue llevado a la comisaria veintitrés con cadena. Este chico tenía once años…

La perrera y los vigilantes concitaban así en su contra el odio del arrabal. Aquel que distinguía el carro perrero a la distancia, llevaba la alarma a diez cuadras a la redonda. Con el vigilante ocurría lo mismo. El grito «ahí viene la cana» lanzado por los purretes ponía en guardia a los grandes, hacía escurrir a los perseguidos; los compadritos que tenían alguna cuenta que saldar entraban al almacén; los que tenían la conciencia intranquila pero la seguridad de que nada les ocurriría, se quedaban en la esquina tomando el sol, con el ala del sombrero bien doblada sobre la frente; y en aquellos días, insisto, era más peligroso ser socialista que haber degollado a media docena de prójimos.

Y los que pagaban el pato eran los menores. Partido de football que se organizaba, fracasaba si no se tenía la precaución de poner a un purrete de guardia por el lugar donde solía comparecer el «chafe». Igual ocurría en los robos de fruta, en que la muchachada solía, o solíamos, ir a despojar los frutales de las quintas. A la persecución de los tanos, con sus mastines, se unía la de media docena de «canas» a caballo, que hacían un ruido enorme para demostrar que nada había entre dos platos.

Y la voz corrió, se hizo popular.

Hoy

En otra nota dije que los chicos de hoy desconocían un montón de emociones que hemos experimentado nosotros, los mayores. «La cana», el vigilante destartalado, turco o italiano, con barbas de siete días y piernas arqueadas y casco doblado para cualquier costado, ha desaparecido. «La cana» constituye hoy un cuerpo uniformado, con academia, condecoraciones, premios de las ligas que no ligan nada. «La cana», la legendaria «cana» semicómplice a veces de los furbos y malandrinos, compleja, turbia y despreciada, ha desaparecido.

—Hoy, cualquier zonzo con uniforme es respetado —me decía vez pasada un sargento de los otros tiempos— Antes el uniforme no valía nada, lo que valía era el hombre.

Esos tiempos pasaron. Lo que hace falta es que pasen ciertas cosas de estos tiempos...

EL AMOR VISTO DESDE UNA CORNISA

Un guardiacárcel, que firma Soy su admirador desde mi cornisa (leyendo mis notas no se percibió de que los malandrines abrían un túnel para rajar), me escribe:

Hay que ser guardiacárcel para ver lo que yo veo desde mi cornisa, entre las dos luces de la tarde. ¡Altro que el Muro de los lamentos, de Jerusalén! A todo lo largo del murallón de la Penitenciaría Nacional, los reos de afuera, comienzan a llegar sigilosos y despreocupados. Desde el primer momento ya muestran una invencible tendencia a la sombra, porque buscan el amparo de los grandes árboles. Al rato viene ella, y en voz baja comienza el idilio. ¡Éstas sí que son aguafuertes porteñas! Dese un yiro por estos barrios y tendrá para su pluma motivos magníficos. Porque media hora después que se ha puesto el sol la primera pareja se ha multiplicado, y bajo cada árbol, ella y él se toman las manos, y las voces de casorio llegan hasta mi cornisa. Es una platea.

Ahí tiene un tema para sus aguardientes. Los reos de adentro y los reos de afuera. Los que están entre las cuatro paredes ansían la libertad, y los que están afuera buscan de meterse entre las cuatro paredes del matrimonio. ¡Qué humanidad!

¿Se dan cuenta?

Ahora me explico cómo en la Penitenciaría Nacional los enjaulados pueden abrir un subterráneo y tener pistolas Malincher y, casi, casi, tiempo para instalar un tercer subterráneo entre el calabozo y la ciudad. ¡Qué diablos! Si los guardiacárceles se pasan el tiempo oyendo los suspiros de abajo, y aguzando los ojos en mirar lo que no debían mirar, es claro que le minan el subsuelo.

Pero, ante todo, una pregunta: ¿Cómo es que lo han admitido a usted de guardiacárcel sabiendo escribir? Yo me había formado al respecto una idea rara. Creía que los guardiacárceles eran una especie de brutos fenomenales que no tenían otra misión que pasarse el día abriendo los ojos como platos. Recuerdo que cuando estuve en la cárcel (de visita, entendámonos, no preso), cada guardiacárcel me examinaba de pies a cabeza como si trajera en los bolsillos un bastimento de limas o de explosivos. Yo andaba allí como perro en cancha de bochas. Perdido y amedrentado. La mirada de cada guardiacárcel me hurgaba, no los bolsillos, sin también la conciencia. Me sentía revisado y desnudado muchas veces en un minuto. Los mismos presos me examinaban curiosamente, como diciendo: vos sos un candidato para este palacio. ¡Diablo! Cuando salí de allí el aire me parecía más limpio y puro, y el sol más lindo. Y eso que el director de la cárcel había tratado de convencerme de que él era como un padre para los presos, y éstos como unos hijos, un poco diablones, a los que había que tratar severamente, pero con cariño. Se lo regalo.

La muralla

Amor a la sombra de una muralla. Yo creo que son dos personas las que perciben una gran emoción frente a una muralla; las primeras son los abogados y escribanos. La idea le pertenece a Anatole France. Si no me equivoco, Anatole en El anillo de Amatistas hace que un procurador, que había permanecido impasible frente a todas las bellezas que encerraba un castillo, se emocionara midiendo el espesor de una muralla. La seca alma curialesca del individuo, alma pasada por todas las cribas de la ley y exprimida por todas las prensas de los superiores tribunales, se enternece y dulcifica frente a la muralla, cuyo grosor helado garantiza el poder de la ley.

Y los segundos que aman las murallas, son los enamorados. Aquellos que no tienen una moneda para meterse en una confitería o en otra parte. Porque los barrios que tienen esas franjas de murallas son solitarios, se prestan a todo los concurrentes de esa soledad necesitan.

Claro está que es más poético un árbol. Pero a falta de pan, buenas son tortas. Y la ventaja de los paredones de la Penitenciaría consiste en que están arbolados al frente. ¿Qué más pueden pedir los que sienten el horror de la luz y de las miradas indiscretas?

Además es, quizá, la única utilidad que prestan las murallas. Si no sirvieran para eso, habría que demolerlas por antiestéticas, por todos los horribles pensamientos que sugieren, por toda la tristeza que infiltran en el alma de los desdichados que caminan a su lado en las horas calurosas. Es, quizá, para lo único que sirven. Para proteger el amor de pobre gente, el amor que no tiene salas ni pianos y que se alimenta de una única realidad: el momento presente.

Salir y entrar

Me gusta el pensamiento de este guardiacárcel, que debe ser casado:

Los que están entre cuatro paredes ansían la libertad, los que están afuera buscan de meterse entre las cuatro paredes. (Amigo, usted no merecía ser guardiacárcel.) ¡Qué humanidad! El que está adentro quiere salir, el que está afuera quiere entrar. Así es el hombre. Y fíjese qué cosa curiosa ocurre con el gato. El gato, cuando una puerta está abierta, coloca medio cuerpo afuera y medio adentro. Y no se sabe si quiere entrar o salir. El hombre, mucho menos prudente que el gato, toma siempre una actitud determinada. Y tomada quiere anularla. En realidad, filosóficamente conversando, el hombre es un animalito que nunca sabe lo que quiere o lo que no quiere. Si le dan lo que pide, lo desprecia; si se lo niegan, llora; y, en realidad, se pasa la vida entre estos dos tormentos, queriendo entrar, si está afuera, queriendo salir, si está adentro, y desesperándose siempre que ha conseguido lo que se proponía con su voluntad.

Y aunque el problema parezca simple, no lo es. Tan graves enigmas encierra, que un señor escritor, el conde de Tolstoy, escribió a este propósito qué debe hacerse. Si usted me pide que le conteste a la anotada pregunta le contestaré: Cierre los ojos y tírese al foso.

ASALTO EN BANDA Y A MANO ARMADA

En Rosario ha ocurrido un espectacular asalto. De prepotencia, cuatro señores armados de revólver han dejado en el riel a dos pagadores del F. C. Rosario a Puerto Belgrano. Tan en el riel, que se les llevaron dos valijas. Una chica y otra grande. La grande, como es lógico, tenía más plata: noventa mil pesos; la chica, tres mil. Pero como los señores asaltantes son personas generosas y normales, tiraron a la chica (me refiero a la valija) por la ventana y se quedaron con la bolsa grande. A estas horas Investigaciones de Rosario e investigaciones de la Capital siguen una pista que no puede fallar. Con optimismo. A la gente le parece una burla esto del optimismo de los podencos de los investigadores; pero no, ellos tienen razón en ser optimistas. Si no se descubre nada no pierden un céntimo.

Cómo se prepara un asalto

Más de un lector se ha de decir:

¿Cómo diablos ocurre siempre que estos asaltantes no dan un golpe en falso? y como el asunto entra en la técnica del asalto, yo, modestamente, voy a dar mi opinión, basada en revelaciones del gremio de los podencos investigadores y en el de las confidencias que me han hecho las liebres que huyen a los podencos.

Podríamos formular este postulado:

Si usted necesita un traje, no va a lo del zapatero. Es decir, que si usted trabajara de ladrón no iría a la casa de un pobre a robar. Iría a la de un rico. ¿Pero cuál es la casa del rico que elegiría usted? ¿La muy vigilada o la escasamente vigilada?

¡Es de cajón me contestará usted que iré a la que no está vigilada!

¿Ha visto ahora como usted mismo se está sintiendo asaltante… pero ideológico, nada más?

Bueno; entremos en materia.

Cuando cuatro caballeros se reúnen en materia con el exclusivo y absoluto fin de asaltar a sus prójimos, y de eliminarlos si se ofrece el caso, estos cuatro caballeros, de los cuales siempre uno es muy bruto y salvaje y otro muy astuto e inteligente, se dedican a esta tarea: pasear.

Pasean en grande. Por todos los rincones de la ciudad. Y usted sabe que cuando uno pasea, aun sin querer, observa. ¡Imagínese como observará queriendo observar!

Lo que ocurre

Si usted se dedica a la literatura y lee mucho, en cuanto toma un libro y lee dos renglones se encuentra inmediatamente en situación de decir: Este libro es una porquería, o este libro es bueno. Y no se equivoca nunca.

Lo mismito le ocurre a un señor que se ha dedicado al asalto en banda y mano armada.

Pasea, hace footing y, sin embargo, no por ello descuida sus intereses ni los de los demás. Pongamos por ejemplo que pasea por un barrio solitario. A un costado, a doscientos o trescientos metros, hay una avenida solitaria. A quinientos metros un vigilante que, con caballo y todo, no suma un vigilante entero. A seiscientos metros del vigilante, una fábrica. En redor, casitas modestas. Muy mal ladrón y muy mal asaltante debe ser aquel que no se da cuenta que el cobrador o pagador de los empleados de esa fábrica puede ser víctima de un asalto, que en el noventa y cinco por ciento de las circunstancias, tiene que tener éxito.

Cuando uno de estos profesionales paseando descubre una ganga así, observa de inmediato a los alrededores. Cuántas puertas tiene la fábrica, cuántas paradas policiales hay en las proximidades del lugar, qué intensidad tiene el tráfico. Inmediatamente le notifica a sus socios las notas tomadas. Al día siguiente, y a otra hora, se pasea por ese barrio el fulano de turno. Al día siguiente, otro. Y al final de un mes o de una semana el barrio está tan estudiado que los apresurados comerciantes conocen casi la vida y milagros de cada vecino. De qué modo se puede o no entrar a la fábrica. Por qué lado es más cómodo disparar, y si ese lado falla, cuál es el que lo puede reemplazar.

Estudiado el problema topográfico, hay que estudiar el problema personal. Cuándo y a qué horas el cobrador va a buscar el dinero al Banco para abonarles ese mismo día los jornales a los empleados y obreros.

Este dato se consigue fácilmente. Trabaje usted un mes en una fábrica y va a ver cómo, sin querer conocer esos detalles, entran en su conocimiento. Imagínese ahora si usted tiene interés, qué rápido lo averigua. Nada puede quedar oculto a la curiosidad humana. Nada resiste al trabajo de la imaginación de los hombres.

El asalto

Entre cuatro sujetos que se dedican al asalto en banda y a mano armada, siempre dije que hay uno que es el más inteligente y otro el más bruto. Por lo general, el más bruto es el más audaz. El más inteligente, por regla general, es frío. Hielo en la superficie y fuego abajo. El más bruto, por ser más inconsciente, es el que, en el momento del asalto, entra a tallar a tiro limpio. Se juega la piel como quien toma un vaso de jugo de uva. Y los resultados casi siempre son los mismos. Un señor con el pellejo horadado de varios tiros; una suma más o menos importante de dinero que desaparece, y luego, todo el personal inferior y superior de Investigaciones, echándoselas de Sherlock Holmes en las narices de los periodistas, que no saben a quién retratar, si al perro que fue testigo del asalto, a la huella que dejó en el barro el auto al fugar o al sobrino de un señor cuyo hermano tiene una novia que cree haber visto a un automóvil amarillo que rajaba por la calle del asalto.

De lo que no nos puede quedar duda, es de que estamos progresando. Antes no se asaltaba con los procedimientos actuales. A lo más, un robo o un crimen; pero esas hazañas las hacían de bárbaros y brutos que eran. Hoy no. Ya tenemos, desde hace varios años, en actividad en este país a una serie de bandas perfectamente organizadas. Se habla de Roscigna, el consocio de los hermanos Moretti, asaltantes del Rawson y de la agencia de Montevideo. Es un individuo inteligente, sabe hablar muy bien, sus modales son irreprochables, gasta lentes; ha leído a Bakunin y a todos los maestros de la escuela Positivista, y es el único que ha escapado a la policía de Montevideo y a la porteña. Indudablemente es un señor preparado.

No sé por qué se me ocurre que algún día nos proporcionará la sorpresa, cuando tenga capital, de introducir ametralladoras en un automóvil blindado… ¡y entonces va a haber que amacarse!

RESTRICCIÓN DE CRÉDITO

La otra noche, yendo por la calle Corrientes, al pasar frente a un café, oigo que uno de los tantos vagos estacionados en la puerta, le decía a otro:

En estos últimos tiempos me han restringido el crédito.

Como la voz que pronunciaba estas palabras era aguardentosa, no pude menos de volver la cabeza y casi largo la carcajada, al comprobar que el tío que había manifestado tal dificultad financiera, era uno de esos sujetos a quienes uno se acerca, pero no antes de haber tomado la precaución de abrocharse el saco y ponerse las manos en los bolsillos.

El que lo escuchaba debía ser un furbo de la misma categoría que el otro.

Caminando

Y seguí caminando, al tiempo que pensaba:

¡Cuándo habrás tenido vos crédito en tu vida! Si basta verte la cara para comprender que estás comprendido en la escala zoológica de los patos funestosos, de los orres que se hospedan a 0,80 la catrera; si perteneces, sin grupo, a esa legión de turros fatídicos que brujulean un mediodía para saber dónde no podrán comer a la noche; si perteneces al gremio de los desamparados que le dan categoría de almuerzo a un capuchino rante y grado de orgía a un chocolate mediolunero, y tono de bacanal al guisado trasnochado que por 0,20 despachan en el Puchero Misterioso. ¿Cuándo habrás tenido crédito, vos, que todo lo arreglas de ojito; que desde las seis de la tarde a las doce de la noche levantas la guardia en el pórtico del café, esperando que caiga cualquier lonyi para pagarte el vermouth y haces de tu nariz garguero en la parada? ¿Cuándo te habrán restringido el crédito? ¡Si sos iluso! De verdad que tenés fantasía, y de las que nosotros, los emborrona cuartillas, llamamos delirantes. ¿Crédito, vos? Pero ¿cuándo?, ¿en dónde? Si en cuanto un comerciante te vea la jeta, debe cerrar premuroso el cassun, temeroso de que te alces con el burro. ¡Si sos iluso! ¿En dónde has tenido crédito? Si verte es sentir de inmediato la ineludible necesidad de rajar; si el mirarte lo transporta a uno al imperio de los calcetines rotos, que en cuanto caen al suelo abren un buraco en el pinotea; si contemplarte de cerca es un placer tan sólo concedido a los dioses, porque sólo los dioses pueden acercarse impunemente a un turro de tu magnitud. Hombre mortal, que timoratamente se avecine a tu ladronísima figura perderá para siempre el dinero, la confianza y la tranquilidad.

No, viejo

No, viejo; vos estás confundido o mal de la cabeza. No te han restringido el crédito; lo que vos querrás decir es que te han restringido la libertad de poder andar por la calle. ¿No será eso? Porque, ¡mira que hablar vos del crédito! Pero, ¿qué te pensás? ¿Qué estamos en la Rodesia o en la Costa Azul? No, estamos aquí, en Buenos Aires, donde el que no corre anda en submarino. Mira vos, ¡como para hacernos pasar la novela de tu crédito! Si el gil más recalcitrante, en cuanto te oye el sonido del garguero, raja temeroso de tus estafas.

Juro por todos los dioses del Olimpo (no es ningún cabaret) que en las diez y ocho mil hectáreas cuadradas que tiene esta más grande capital, no encontrarás ni grébano ni checoeslovaco, ni griego ni latino, ni ruso ni bosniano, ni finlandés ni noruego, que te fíe una estampilla al contemplar de cerca tu jeta perrera, taladrada por los forúnculos, enlividecida por la ragú, retorcida por el insomnio escolacero en la que, como en todas partes (no podías fallar ni en la timba), levantaste la guardia tras de los que se jugaban el alquiler de la tres por tres, o el mensual oficinesco.

Pero, ¿de qué rincón de tu fantasía sacaste esa novedad que pregonas? ¡Me han restringido el crédito! ¿O es que te ha dado por hacerte el humorista? Pero tu humorismo asusta. En cambio, si estás en trágico, haces reír. Con esa frase quisiste hacer un vodevil. Es demasiado serio. ¿O es que engañabas a un prójimo? Pero es que el prójimo tenía una facha malandrína que no le iba a la zaga a la tuya. ¿O es que era algún prestamista? Pero, ¿qué? Los prestamistas, en cuanto ven en las puertas de sus casas un sujeto de tu talla, aprontan la ametralladora y solicitan refuerzos al Departamento. Mira, ¡cómo para entrar vos a la caverna de uno de esos legalísimos asaltantes!

Por donde se mire

Yo no sé; pero, por donde examino tu frase, no le encuentro atadero. ¿Te habrá trastornado el hambre las facultades mentales? ¿O es que la miseria, con sus vapores, ha introducido el delirio en tu cráneo? ¿O es que sufrís los efectos de una parálisis progresiva que como todas las parálisis progresivas (¡mira qué progreso!) te convertirá en huésped permanente de Vieytes? ¡Qué sé yo, viejo! Lo único que puedo decir es que la frase macabra que largaste en el pórtico de ese café donde se congregan sinvergüenzas, cómicos malos y buenos, pesquisas, autores geniales para la familia y la novia, apuntadores, partiquinos, amigos de autores, etc., lo único que sé es que esa frase que lanzaste en medio del tumulto de la calle más linda y atorranta de Buenos Aires, hace un mes que la llevo bailando en los sesos, y es inútil que quiera olvidarme de ella. Anochece, y en cuanto paso por ese café, me acuerdo de tu vozarrón de laringítico en cierne, exclamando roncamente:

En estos últimos tiempos me han restringido el crédito.

¡Cuidado, viejo! Yo creo que lo que te van a restringir es la libertad de andar buscando giles a quienes engatusar con esa novela. Pone la barba en remojo y déjate de macanas, que hoy, en este país, el que no vuela anda en submarino, y ya te digo nuevamente: esa historia no te la va a creer en las 18.000 hectáreas cuadradas que tiene esta ciudad, ni el más ingenuo habitante de Bosnia.

Cafetín tenebroso; matices de todas las bellaquerías en las jetas de los concurrentes. Pensamiento, en cuanto se entra: nada se perdería con barrer con una ametralladora a toda esta inmundicia. Arriba una victrola y dos muchachas. Una, cara de haber vivido todo lo que puede vivir una mujer; la otra es nueva, española, cara de media bruta. Las dos, jóvenes.

Siguiendo un diálogo

He estado más de una hora observando los gestos de estas dos muchachas al conversar. Apenas si saben leer y escribir. Digo apenas por este detalle: a momentos un de ellas leía una revista y leía a media voz, costumbre que sólo tienen los que no están acostumbrados a leer.

A la criolla no le gusta la música de la victrola. A la española la vuelve loca la música. En cuanto se termina un disco encaja otro en la victrola, mientras que la criolla protesta, mueve la cabeza, quiere convencerla llevándose los dedos a las orejas, de que ese ruido continuado terminará por romperles los tímpanos. Gesto característico de la criolla. En cuanto aparece un disco de esos con canto y acompañamiento de guitarra, la muchacha frunce los labios, hace un gesto despectivo; parece decirle al invisible guitarrero que canta penas de amor:

A mí ya no me engrupe con esa milonga.

Tiene cara retobada. Se ve que ha pasado las de Caín. La española, en cambio, delira con la música. De pronto se ponen a conversar. No sé de qué hablan. Veo gestos. Uno de los gestos me llama la atención. Es la criolla que cuenta con los dedos meses, porque he percibido la palabra tiempo. Luego el diálogo continúa y, de pronto, la española se toma una mano; se la enseña a la otra y mueve para abajo los dedos. La criolla abre los ojos, escucha con atención. La española sigue el relato, se lleva las dos manos a la altura de las orejas, luego nuevamente mueve la mano; pero como si esa mano estuviera destrozada o rota, porque la criolla hace un gesto de horror y menea la cabeza. La española habla rápidamente; la otra termina moviendo la cabeza como si dijera:

¡Qué se le va a hacer! Paciencia, es una desgracia...

Conclusión: la española le está contando un episodio de su vida a la criolla. Ésta la escucha con atención investigadora. Para mí es real este sentimiento en dicha mujer: lástima hacia la situación que la ha llevado a esa mujer hasta la victrola.

Vaya a saber...

Forzando el oído percibo una advertencia de la criolla: No le haga caso y, a continuación, esos visajes que quieren más o menos decir: la engañan, no se deje llevar, peligro.

Yo, a mi vez, tengo una sensación clara, precisa: la española va barranca abajo. Es joven y posiblemente, seguramente, está sola en este país. Y me pregunto: ¿Quién será el atorrante que la ha a traído a la muchacha a este bar facineroso? La compañera no; ésa va sola a cualquier parte; no necesita guía ni lenguaraz, pero ésta... Ésta... que está tan nueva. Y otra vez me digo: Barranca abajo, sin vuelta. Ha caído entre las manos de un tenebroso. Por ahí empiezan. Por el palco aéreo de la victrola. Hay que acostumbrarla a la mujer al espectáculo de los hombres. A que pierda paulatinamente el miedo al monstruo hombre. También hay que acostumbrarla a la noche, al ruido, a las luces. Es como la domesticación de una bestia. ¡Barranca abajo! Éste es el punto más alto. Como es el más alto y está rodeado de lámparas verdes, anaranjadas y azules, las que están arriba no pueden ver la distancia. Cuando más el zumbido de abajo, cien, doscientos ojos clavados. No hay desgraciado que no quisiera hacerle el amor a la victrolista.

¿Qué historia tiene esta española, con cara de media bruta, con su vestido de percal y su traza de ex lavaplatos o friega pisos? Porque para otra cosa no sirve. Historia tiene sin vuelta, quizá la del padre que le destrozó la mano; la familia en la miseria, el novio, ese compadrito de botines de charol, retrechero, ágil de hombro, que siempre quiere vivir a costa de una mujer, que se da masajes faciales porque cuida el físico con más escrúpulos que una mujer, porque del físico tiene que vivir. Vea usted qué historia. Y nuevamente pienso: ¿Quién será el desgraciado que te ha traído hasta aquí? Sola no se llega a estos recovecos.

Por ahí se empieza

Es curioso el camino de barranca abajo. Por ahí se empieza. O la hacen empezar. El sueldo es escaso: sesenta, ochenta pesos mensuales, a lo sumo. Conozco una anécdota: en un bar de éstos donde sirven mujeres, se pide una victrola. Llega una española bastante buena moza. Está en la vía. El dueño la acepta, pero a los tres días la llama a la mujer y le dice: Vea Ud., no sirve para manejar la victrola. Tendré que despedirla. La muchacha llora y el patrón se enternece. Se enternece tanto que le dice: Vea, yo soy un hombre de buen corazón. Lo único que puedo ofrecerle en mi negocio es el puesto de camarera, como a las otras que están allí. Tanto de comisión por día. Tanto por mes. En fin, ganará usted un capital.

Cada semana este patrón pide una victrolista. Como es lógico, en un hombre que tan fácilmente se enternece, tiene otros negocios turbios. La policía lo conoce.

La española ha puesto un disco. No hay vuelta: la música la entusiasma. Es el disco donde un vago canta penas de corazón. La muchacha escucha con las dos orejas. La criolla tuerce un visaje amargo y mira a lo lejos, como pensando:

A mí ya no me engrupís con esa milonga.

¿DÓNDE ESTÁ EL MALANDRINO?

Me escriben:

«Soy un pequero en la acepción vulgar del vocablo, que aún no ha caído en ninguna de las razzias que un juez inició hace algún tiempo, con el mejor de los éxitos. Soy un pequero, a pesar de desconocer la etimología del asunto, que se me antoja neologismo puro. Sin dejar de convenir que el giro de fullero es más aceptable y académico. Ahora, dejando de lado la morfología del vocablo ¿quién no peca en este mundo? Alfonso el Sabio, aquel curioso ingenio español en un interesante trabajo cinegético que vio la luz allá por el siglo 12 o 13, urdía en dicho trabajo trampas y tramoyas que enseñaban a 'pescar' caza mayor y menor. Acaso, con el progreso alcanzado, ¿no sería hoy aceptable un tratado de caza aplicado a la imbecilidad humana? Algo que llevara el título de 'Manual del Perfecto Sablista', del hábil escamoteador, del nefando fullero o del tétrico diputado.

Serían a la vez conocimientos técnicos para profesionalizarse en dichos oficios; conocimientos ilustrativos para los incautos que tendrían en ellos su propia defensa.

Eso sin decir que se me ocurre que hay un derecho natural anterior a todos los convencionalismos codificados (usted es, en fija, un estudiante de jurisprudencia) que señala al individuo normas honestas y naturales. Pero ¿y si las normas naturales fracasan en la lucha por la vida? El derecho natural hace en este caso que el individuo, bien o mal, se acomode para vivir. De allí infiero que la persecución iniciada contra nosotros, será juzgada en los siglos futuros tan inicua como la que Nerón inició contra los cristianos».

Inutilidad de los manuales

Estimado pequero de grupo, per sí futuro asaltante. En nombre de la ley, del código y del digesto: los manuales son los libracos más inútiles que se conocen. Así como es imposible aprender boxeo por correspondencia, y gimnasia sueca por teléfono, así también es inútil querer aprender el arte de vivir en los libros.

No sé si recordará que en la «Vida del Buscón» hay un ejemplo notable de loco, y que era aquel que estudiaba esgrima en un libro, y se puso a fintear con un perdonavidas que al primer cambio de sablazos lo dejó aturdido a palos, lo cual no le impedía decir:

—No me puede tocar porque he descrito un ángulo de treinta grados.

Además, las víctimas de los pequeros, son señores que se precian de vivos y entre «bobos» anda el juego. Hay infinidad de personas, que llamamos honradas, perjudicadas por las sutilezas de los pequeros. Mas analizando un poco vemos que la honradez de esas personas que llamábamos honestas, era relativísima; que si efectivamente hubieran sido honradas, nada les ocurriera. El pequero especula sobre el afán de viveza de su prójimo. El pequero es un profesional que sostiene este principio: En todo hombre hay un ladrón y un estafador. Este ladrón y estafador, que hay escondido en cada hombre, se muestra únicamente cuando alberga la posibilidad de que sus actos permanezcan impunes.

El pequero me recuerda la teoría de Eça de Queiroz en su cuento «El Mandarín». Si apretando un botón pudiéramos matar a la distancia en China a un señor que no conocemos y de cuya herencia podríamos disfrutar, pocos seríamos los que vacilaríamos en apretar el botón.

Y eso es lo que le ha sucedido a los señores estafados por los pequeros. Más o menos lo que le ocurre al que compra una máquina de fabricar libras esterlinas, o un billete premiado con diez mil pesos, por dos mil.

¿Qué más manual advertidor de sutilezas que la crónica de policía que todos los periódicos traen? Sin embargo, raro es el mes que pasa en que no haya un infeliz estafado de sus ahorros y esquilmado de sus economías. Uno, claro, se apiada y dice: ¡Pobres diablos, después de tantos años de hacer economías, viene un malandrino y se alza con ellas! Pero pensemos un minuto que el malandrino no es un malandrino, sino un sujeto de buena fe, que entrega diez mil pesos a cambio de una garantía de mil pesos. ¿Usted puede afirmar que el «pobre diablo» devuelve los diez mil pesos? No, amigo. El pobre diablo deja de serlo para convertirse instantáneamente en un pillete. Hasta conozco casos de personas que son honradas y que han robado. Perdieron la cabeza durante un minuto y robaron. ¿Qué se le va a hacer?…

Como lobos

El proverbio de «homo hominis lupus», el hombre es para con el hombre como el lobo, dice una verdad grande como una casa. Nos comemos los unos a los otros, con buenas palabras o con malos hechos. Lo real es que nos devoramos. No hay un fulano que no trate de perjudicarlo a otro; y algunos son tal hijos de tal para cual, que aún sin necesidad de hacerlo, damnifican a su prójimo.

Los pequeros en esta sociedad de sinvergüenzas, pilletes, rufianes, ladrones, personas decentes y piadosas, desempeñan un papel reparador, son algo así como los agentes de una venganza divina, que hace que lo que el pillete, el ladrón y la persona decente robaron a cientos de desdichados, lo vomiten en el tapete del tahúr y granuja.

Sí, futuro asaltante: en nombre de la ley, del código y del digesto, sí. Ningún manual puede salvar al hombre de la malicia de sus prójimos. Y si hay algo que lo puede salvar, es la decencia. Y esa no se estudia en los manuales, que por el contrario, en los manuales se manosea, se relaja y se pierde.

Leo:

«…me avergüenzo hasta llorar de que en mi tierra, y en plena calle Moreno, exista el antro que se llama Departamento de Policía… Yo caí allí, siendo criollo (¡buena pieza has de ser vos!) por un delito raro en nuestra nacionalidad. Hice lo que hacen los rusos en su gran mayoría diariamente, es decir, comprar mercaderías a un precio más bajo que lo normal. Hablando entre nosotros, hice de 'reducidor'.

Bueno amigo; poco ducho en este arte de estafa, caí como un otario (a golpes se hacen los hombres, querido «reducidor»), y previas incomunicaciones, en el breve espacio de ocho días conocí el cuadro segundo, el tercero, el primero o sea de distinguidos, y las celdas de los tribunales. Es decir, que anduve como maleta de loco de un lado para otro. Luego el juez ordenó que se me pusiera en libertad por falta de méritos y salí con paso redoblado por la escalinata de Moreno, con las pilchas a cuestas, la barba larga y lleno de piojos. Me pegué un buen baño, me afeité, me fajé una serie de masajes faciales, y el tipo quedó como nuevo, y con más cancha que antes para cuerpearle a las maromas judiciales.

Ahora bien; quiero mi amigo periodista que me comente un tipo que es la mar de la gracia. Me fue presentado en el cuadro tercero. Usted sabe que no faltando un par de mangos entre la merza reunida en tal sitio, todo el paterío está a su disposición. ¡Que necesita un café!… Enseguida hay quien se encarga de conseguirlo. ¡Pan fresco, diarios, cigarrillos, fiambres, naipes! Todo se consigue allí con vento. Incluso se levantan quinielas en los cuadros. Bueno. Volviendo a nuestro asunto, le diré, amigo periodista, que allí me fue presentado un tipo, Fulano de Tal, alias el Tamborerito. Me llamó la atención su alias y le pregunté ingenuamente (Nene, por favor, ¿ingenuo vos?) si su mote provenía de haber sido vendedor de tambores o fabricante, o si había tocado el tambor con los 'boy-scouts' o en las bandas de remates.

—'Nada de eso, compadre —me espetó—. Me dicen el Tamborerito porque acostumbro a pegar pinas a lo que se cuadre. Mi especialidad es sacudirle el polvo a los botones de la 16ª y como pina que yo tengo suena como tambor, de allí el mote de Tamborerito'.

¿Qué me dice de este tipo y sus alias? A mí me causó una gracia bárbara. Aun más: creo que a Vaccarezza se le ha escapado del redil, que de no ya estaría popularizado en alguna obra nacional.

Yo le aconsejaría, amigo periodista, que fuera a pasarse unos días al cuadro tercero. Allí se ilustrará más en tres días que en toda su vida de emborroneador de papeles. (Che, hubieras dicho de gran escritor, cuando menos de talentoso escritor, pero no de emborroneador de papeles. La pucha, cómo sos). Métale un comentario y tenga la seguridad que en el mencionado cuadro festejarán su escrito. Y ¡qué diablos! también es necesario que se sepa en esta capital que hay quien hace sonar a castañazos a los canas en representación y venganza del lote numeroso de víctimas de los mismos.

Salúdalo muy atentamente, amigo periodista, S.S.S. Cónsul Vasco».

¿Por qué?

¿Por qué, amigo Cónsul Vasco, en vez de ocuparse de la vida ajena y de tratar que el Tamborerito se gane una pateadura en el Departamento por dar castañazos tan sonoros, por qué, amigo Cónsul Vasco, no nos describe las artes del reducimiento? A mí me interesan mucho más que los castañazos que puede dar el Tamborerito. El Tamborerito, dentro de su categoría, no pasa de un vulgar biabista, mientras que usted sabe escribir, y nos podría hacer entretenidas pinturas de cómo los «ladros» venden la mercadería que otros adquirieron con el sudor de su frente.

A propósito de lo que los ladrones trabajan, acabo de recibir otra carta, que me dice:

«El 18 del corriente, una banda de ladrones capitaneada por un tal Pulice, en las horas de la noche efectuó ocho asaltos, cuatro de ellos importantes, por ser contra guardianes del orden público, y que para lograr efectuarlos, deben de haber sudado la gota gorda, tanto el capitán de la banda como sus componentes. De como ve usted, señor Arlt, que el trabajo de ladrón no es tan holgado como usted lo supone. Dios guarde a usted. Un enemigo del trabajo».

Reducidores

El gremio de los reducidores es de lo más interesante que hay. Hasta la fecha no se ha podido establecer hasta qué grado un reducidor es amigo o enemigo de la policía.

Para dedicarse al oficio de reducidor, hay que conocer perfectamente el precio de la mercadería, que en asunto de robos es de lo más variada y heterogénea. Hay casos sumamente singulares, de complicidad de ladrones con pesquisas, y que ocurren de esta manera: Un ladrón, después de haber vendido la mercadería en lo de un reducidor, hace que le pasen el dato a un pesquisa. El pesquisa se presenta en lo del reducidor, y secuestra lo comprado. Esto permite a las autoridades policiales decir después, cuando se dan a publicidad ciertos descubrimientos: «Una hábil pesquisa permitió secuestrar lo robado». Y la hábil pesquisa no consiste sino en la denuncia anónima, algunas veces, que un determinado ladrón hizo que hicieran a algún agente de investigaciones.

El reducidor prosperó en otra época aquí. En la actualidad, tiene que ser muy desgraciado un ladrón para recurrir a esos industriales. Frecuentemente ladrón y reducidor son la misma cosa, aunque en verdad el ratero encuentra suma utilidad en recurrir a los servicios de los caballeros que, como el Cónsul Vasco, adquieren mercadería «habida» poco honorablemente.

RESPONSO PARA EL POBRECITO

Tengo el honor de comunicarles que ha fallecido nuestro común compañero Juancito el Cascador que, como yo, andaba padeciendo persecución de justicia por las sierras de Córdoba. Siempre consecuente con sus altos principios democráticos, antes de fallecer le encajó una pateadura a su mujer, y me encargó que lo saludara a usted y que le pidiera que no lo olvidara en alguna de sus notas, porque él siempre lo leía y estimaba y tenía a mucha honra decir en el cuadro quinto que era amigo suyo. De manera que, esperando que no nos falle, reciba un saludo de su viuda llorosa y de su amigo que no lo conoce, pero que lo almira. Suyo de usted, Leiva, alias El Goruta.

Responso

Yo no procederé como procedió San Pedro, que lo negó tres veces a Jesús antes de que el gallo cantara. No. Yo no negaré mi amistad con Juancito el Cascador, hombre de pro, de copetín, de asalto y emboscada.

¡Cuánto padeció el pobrecito en su vida terrestre! ¡Cuánto! Sólo le queda a uno el consuelo de pensar que en el cielo le serán recompensadas sus virtudes y sus magnanimidades. Nunca conocí tan gran ladrón como él. No, nunca.

Salió una vez a la calle llevando a cuestas un colchón. Hurto en una colchonería. Iba el cuitado que se veía y se deseaba, porque el grandísimo bulto era de aquellos que se denominan de cama camera.

Un vigilante lo filió y lo detuvo, inquiriéndole el origen de la montaña que llevaba a cuestas. Y entonces, el grandiosísimo bellaco contestó, haciéndose el ingenuo:

¡Dios y la Virgen me valgan! ¡Con razón que yo sentía un peso en la espalda! Y no sabía lo que era. ¿Se da cuenta agente qué personas mal intencionadas hay por allí, que la cuelgan estas cosas en el lomo, sin que uno se dé cuenta?

El vigilante no sabía si matarlo o levantarle una estatua.

Además de ortivador de mercadería, era cuentero, furquista, carterista, estafador, descuidista, campana, reducidor en los tiempos de ocio, y para distraerse, circulador de moneda falsa.

Decía el bendito:

Yo no soy como esos pretenciosos enemigos del trabajo que creen que pierden el honor o la dignidad porque abandonan la especialidad. No. Un hombre honrado se aviene a todo.

Salvo estos detalles, era el mejor hombre del mundo. Pavoneaba una performance de setenta entradas; y cuando penetraba al cuadro nadie se atrevía a negar que no fuera un caballero.

Muy redicho y escogido para hablar. Contrariamente a esos groseros que utilizan el lunfardo en la conversación o en su mala literatura, hablaba utilizando términos pulidos, gastaba sus citas y me decía:

Roberto Arlt, un escritor jamás debe deshonrarse escribiendo en populachero. Deja eso para la chusma del Cuadro Quinto. Toma ejemplo en mi persona y serás respetado e irás muy lejos.

Él lo llamaba ir muy lejos llegar hasta Ushuaia, y yo no me atrevía a contradecirle, porque según él, todo hombre que no había invernado en el presidio era indigno de llevar tal nombre.

Salvo sus pretensiones académicas era un tigre para el escabio, la biaba, el asalto y el raje.

Tenía un puñetazo perforante. No condice semejante violencia con la dulzura de su tactilidad. Tocaba una llave y luego dibujaba las guardas de memoria. Aunque fuera Yale. A propósito de dicha virtud, él siempre decía:

Siempre me llamaron a su regazo las artes plásticas.

Disparaba como un gamo y bebía como un hipopótamo. Después del séptimo copetín, argüía antes de pedir la octava vuelta:

Es necesario preparar el estómago para merendar.

Pedido

Pasó así la mitad de su vida, tratando de esquivar el lugar donde se pasaba la otra mitad. Padeció porque es de cristiano y de bueno padecer. Ya lo dicen las Sagradas Escrituras, que al hombre bueno, el Altísimo le depara rigurosas pruebas. No las rehuyó jamás. Conmovía y ejemplarizaba verle con cadenas ser conducido a la comisaría. No parecía un ladro, sino un apóstol en manos de sayones.

Cuando entraba por el portal de la seccional, se quitaba como un devoto el sombrero y poco faltaba para que se persignara.

Era bellaco, hipócrita, taimado y sutil. Él decía que era su patrona Nuestra Señora de la Merced, y barajaba teorías criminológicas y lombrosianas. Se decía predestinado para el crimen, y el día que no cometía una truhanería, citaba un pensamiento de Marco Aurelio.

Murió en su ley. Me recordó, y su evocación me honra tanto como un prólogo de Leopoldo Lugones o un estudio crítico de Manuel Gálvez.

Creo, y como yo deben creerlo todos los que tienen un cristiano corazón, que San Pedro no se atreverá a negarle la entrada en el paraíso.

Mi espíritu elevado anhela una vida mejor, decía después de darle el golpe de furca a un lonyi, que por la noche se le cruzaba en la vereda.

Que el Señor lo tenga en su santa paz, que es de varones el equivocarse.

LOS REOS Y EL FANTASMA

Todos los reos en La Paternal están en la gloria. Tienen ya un motivo para no acostarse antes de las cinco de la madrugada, con el grave pretexto de vicharlo al fantasma que apareció en la calle Maturín y San Blas y que le pegó un susto de órdago a un chanchero que todavía sigue enfermo de la impresión.

¡Qué barrios, mi madre!

Un callejón de barro con zanjas de dos metros. Fango negro. Charcos lívidos de agua. Cielo plomizo. Puentes de madera. Casas que se recortan como siluetas de alquitrán. Cacareos de gallos. En las esquinas, grupos de vagos, masas de sombras. Un patio con un farol encendido bajo los descarnados brazos de un parral. Allí pernocta el fantasma, según rumores.

Al lado, un potrero, con bardal de madreselva. En el bardal un buraco. Por ese agujero el fantasma sacó un cuchillo. Y, al ver el cuchillo, el chanchero, que pasaba pensando en los perros que faenaría, para confeccionar sus morcillas, recibió tal jabón que casi se muere de la «paura».

Frente a la propiedad donde la trabaja de espectral algún vivo ensabanado, se pasea melancólico el dueño de la casa. Chiquito y con gorrita. No sé quién me pasa el chisme:

—El trompa quiere que se le muera la mujer para quedarse solo con la casa.

Otro, con una preciosa fragancia de vino (treinta y cinco el litro) se deschava:

—Mi hermano casi se quedó tartamudo del canguelo.

El que suscribe:

—Y ¿sale o no sale el fantasma?

El franguicioso:

—Y, si ustedes están aquí, no sale. ¿Por qué no rajan para la esquina? La otra noche quiso descrismarlo al vigilante con una botella. Y el botón salió vendiendo almanaques.

¡Qué barrios, qué nenes, mi madre! El que menos, aquí trabaja de quinielero.

Se me acerca un tipo. Dice con el mismo énfasis que se hubiera anunciado Luis Catorce:

—Soy Roberto Terragno, el Pibe San Martín. Se aproxima otro, deschavándose por el estilo:

—Soy Juan Casanova, el Pibe Chacarita.

Los dos a un tiempo:

—Nosotros lo vamos a informar. ¿Pone nuestro nombre en el diario?

—Si no les dan la cana... lo pongo...

—Bueno... aquí los vigilantes están asustados con el fantasma. La otra noche el fantasma le tiró con una botella al payuca.

Salta un vigilante más flaco y espiritado que un doble astral y que, por lo visto, es amigo de estos flacas. Dice, medio retobado:

—Che... no todos los vigilantes somos «cartones» como ese payuca ¿sabes?

Abrazos de conciliación entre los cofrades.

El Pibe Chacarita agrega a la información, señalando la casa iluminada donde aparece el fantasma:

—A mí no me vengan con grupos. ¿Saben lo que hacen en esa casa? Le dan de tomar agua al perro con una manguera.

Me muerdo para no largar la carcajada:

—¿Y qué tienen que ver el perro y la manguera con el fantasma?

—¡Cómo qué tienen que ver! ¿Dónde ha visto Ud. que le den de tomar agua al perro con una manguera?

El Pibe San Martín agrega, terminante como si hubiera formado parte de un concilio ecuménico contra la brujería:

—En esa casa hay una que la labura de «espiritista». A mí no me engrupen. Fíjese que el otro día, sale un tipo que vive ahí y dice: Yo soy medio «sicólogo» o algo por el estilo. Eso quiere decir que él está medio coló ¿no?

Yo no puedo menos de exclamar:

—Esto es un plato, muchachos.

El Pibe San Martín:

—Nosotros queríamos entrar en la casa y darle un pesto a todos. O subir a la azotea, porque el fantasma se corre de un lado para otro y con una fariñera así. (A modo ilustrativo, el susodicho Pibe San Martín abre los brazos, y no parece que tratara de representar las dimensiones de un fariñera sino las de un sable de abordaje).

—Y ¿hace muchos días que el fantasma yira por aquí?

—Ocho días. Si le digo… el chanchero casi se muere del susto. Está enfermo. Ni cuando la señora tuvo familia salió rajando como la noche que el «coso» se asomó por el buraco con la cuchilla.

—Y ¿no se le conocen medios de vida al fantasma?

—Eso es lo que hay que averiguar ¿ve? A nadie se le ocurrió.

Relámpagos en el horizonte. La voz de una menor que grita: Josesito… vení a dormir, Josesito.

Caen algunas gotas de agua. Los esquenunes permanecen impávidos en las esquinas. Parecen brigadas de asaltantes. Los charcos refulgen lúgubres en sus platos de fango. Las casas parecen siluetas de alquitrán sobre el achocolatado plomo del cielo. El fantasma no aparece por ningún recodo. El Pibe San Martín y Chacarita, en un aparte, me dicen:

—Oiga… no se vaya a olvidar de poner nuestro nombre en la crónica ¿eh?…

Hasta los orres apetecen de inmortalidad.

Caminando por la calle Tacuarí, al llegar al 760, se encuentra un edificio pintado de verde obscuro, con ventanas adornadas de cortinillas blancas y en el frente un letrero que dice Alcaidía Policial. Depósito de Menores.

Si usted lleva una orden de la Jefatura de Policía, se le permite entrar. Lo atiende un señor muy amable, que es el director; o, en su defecto, otro señor tan amable como el director, que es el subdirector.

Este señor, o ambos, o cualquiera de los dos, le pregunta a usted cuál es el objeto de su visita, y si usted le explica que es periodista, resulta casi fatal que ambos, o cada uno por su cuenta, se quejen de los brulotes que les han encajado los periodistas, injustamente, responsabilizándolos… Pero no nos anticipemos… o sí, anticipemos. Se quejan, como decía, que se les haga responsables del inmenso desorden, de la espantosa desorganización que rige el mecanismo de esta institución, que a pesar de pertenecer a la policía, está al servicio directo de la delincuencia, constituyendo un vivero de criminales futuros.

Pero como conversando se entiende la gente, director, subdirector, ambos a la vez, o cada uno por su cuenta, llegan a demostrarle a usted que ellos no pueden hacer absolutamente nada contra lo que ocurre allí, como no sea mantener un orden aparente y una limpieza efectiva.

La higiene es lo único que puede elogiarse, sin temor a mentir ni exagerar, en el Depósito Policial de Menores.

Los pisos están barridos, las camas arregladas prolijamente, como en un cuartel, los niños en clase. Y aquí pare de contar.

El cocktail del diablo

Entra usted en un aula. En los primeros bancos distingue purretitos de seis o siete años. Enfundados en un uniforme azul, parecen pajaritos. En los últimos bancos se encuentra usted truculentos pelafustanes de cabeza rapada, cráneo biselado por asimétricas caídas de bóveda, y, como es natural, usted pregunta:

¿Por qué está ese chiquilín aquí?

La madre lo trajo porque no puede tenerlo en su casa.

Perfectamente, ¿y ese grandote?

Por matar a una hija.

¿Y ese otro?

Es un degenerado…

¿Y ese chiquilín?

Robó una botella de vino.

Es el cocktail del diablo. Junto a la criatura, totalmente inocente, encuentra usted al futuro cliente de la silla eléctrica, si aquí existiera una silla eléctrica.

Su acompañante y guía, en ese infierno, le dice, a modo de disculpa:

Aquí nosotros no hacemos nada más que cumplir las órdenes de los jueces. Pero como el local no es apropiado, resulta que no pueden separarse a los menores delincuentes de los que no lo son… Si usted quiere conversar con los chicos…

Llámelo a ese rubito.

El rubito viene corriendo. Siete años de edad. Ojos con esperanza y asombro. Modosito.

¿Por qué estás vos aquí?

Me trajo mi mamá.

¿Trabaja tu mamá?

Sí, es sirvienta.

Síntesis dramática. La madre del varoncito, tiene además una hija menor a éste. La dueña de casa donde la sirvienta trabaja, permite a su criada que lleve a la nena; al varón no porque los chicos dan muchas molestias. ¿Qué podía hacer la sirvienta? ¿Quedar agradecida de que le dejaran acompañarse de la nena y buscar un lugar seguro donde depositar a su chico? Alguien le indicó el Defensor de Menores. Y el Defensor de Menores… ha resuelto tranquilamente el problema, enviando a la criatura a un depósito de menores delincuentes, muchos de los cuales son degenerados por sus ocho costados. Pero, la madre ignora semejantes lindezas. Y es posible que el Defensor del Menores también diga que las ignora… Y entonces aquí no ha ocurrido nada. Todos somos inocentes y este planeta es el mejor de los mundos.

Se sienta el rubito, y llamo a un grandote simpático, de diez y siete años de edad. Viene rápidamente hacia mí, sonriéndome como si yo fuera su hermano o su padre, y pudiera resolverle un problema dificultoso.

¿Por qué estás aquí, vos?

Por haber robado doscientos cinco pesos.

No está mal para empezar. (Sonrisa de agradecimiento.) ¿Y para qué querías ese vento?

Me guiñó un ojo, con toda confianza, y dice:

Era para asaltar al pagador de Agronomía, ¿sabe? Yo tenía todos los datos.

Pero m hijo… El pagador se iba a resistir. ¿Qué hubieras hecho vos?

Y, entonces lo hubiera tenido que matar. ¿No le parece?

Se expresa con tanta naturalidad y sencillez, y sus ideas son tan claras para él mismo, que uno termina por aceptar que, en efecto, es natural que el ciudadano se despachara al pagador de Agronomía, si éste se resistía…

Bajamos. En un patio, un chico sumamente simpático que se cuadra cuando pasamos frente a él.

Y este mocito tan simpático, ¿por qué está aquí?

Condenado a quince años de presidio.

¡Quince años!

Sí, es Ricardo Reyes, que el 1 de enero mató a una vieja a puñaladas.

¿Qué edad tiene?

Diez y siete años. (Continuaré mañana)

¿Quiere visitar la enfermería del Depósito, señor?

Cómo no.

Me acompaña el maestro de los chicos delincuentes. En la enfermería, una criatura tuberculosa. La salivadera con manchas de sangre. Seguimos adelante. Un muchacho de diez y seis años en otra cama. Boca fina, labios sinuosos: un enfermo distinguido.

¿Quién es Ud.? ¿Por qué está aquí?

Por matar vigilantes, con mi auto.

Se trata de un niño bien. Manía de la velocidad. La familia paseando en Europa y él, por distraerse del aburrimiento, atropellando con su voiturette a cuanto infeliz se le ponía por delante. A disposición del Juez de Menores. Alguien me informa:

Además de asesinar gente con su auto, es clínicamente un depravado.

Salimos. En el patio un mocosito:

¿Y vos…?

Por robar una bicicleta.

Es extraordinaria la cantidad de chicos que se encuentran en el Depósito de la calle Tacuarí por robar bicicletas. En una visita anterior encontré a una criatura de siete años detenida por robar una botella de vino. Hay otros, en cambio, que están detenidos por nada.

No conocen al Juez

La primera anormalidad que salta a la vista en las declaraciones de los chicos detenidos, evidencia que éstos no conocen al Juez que entiende en su causa, no conocen al Defensor, ni conocen a nadie, como no ser a sus maestros y los celadores que no tienen el conocimiento científico necesario para desempeñar tales funciones.

Lo menos que se le ocurre a una persona sensata es que el Juez o el Defensor debía conocer a los pequeños presos en su jurisdicción, conocer de inmediato la calidad moral del detenido, cerciorarse por sus propios ojos que no se ha cometido una injusticia o una monstruosidad al encerrar a un pequeño entre delincuentes, pero no ocurre tal. La mayoría de las respuestas de los chicos revela que el Juez o el Asesor tramitan dichos asuntos por oficio, menos por el conocimiento directo con el damnificado.

Y es entonces cuando del conjunto de este mecanismo se desprende la más descomunal falta de lógica y congruencia que puede pretenderse que encierre un sistema preventivo y penal.

La policía, el juez o el diablo, encierran a los chicos en el infierno de la Alcaidía para librarlos de la perniciosa vagancia y de las amistades delictuosas que pueden contraer en la calle…

La intención es ingenuamente buena… Pero el caso es que para librarlo al chico de las amistades delictuosas se le encierra precisamente entre delincuentes de todas las calañas, entre degenerados de las variaciones clínicas más diferenciadas y entonces la evidencia salta con mayúsculas espantosas:

LA JUSTICIA ESTÁ FABRICANDO DELINCUENTES CON CRIATURAS QUE NO TIENEN ABSOLUTAMENTE NADA DE DELINCUENTES.

Los mayores depravan a los menores

Mayores y menores conviven en el comedor y en los dormitorios en una promiscuidad de edades que sugiere lo que en el artículo de un periódico no se puede decir al público.

Importa poco que la criatura albergada en el Depósito haya sido alojada allí por pedido de su madre. Alternará, comerá codo con codo, jugará con el otro detenido acusado de cualquier delito, con experiencias que le comunicará en el trato diario.

Si el niño ingresó allí inocente, saldrá pervertido. Si tenía residuos morales, esos vestigios serán anulados por sus compañeros. El mayor presiona sobre el menor con toda la intensidad de su perversión específica. No es suficiente la vigilancia de los celadores, ni de los maestros. Las cosas ocurren allí como en cualquier establecimiento penitenciario. Luego los maestros se asombran, y le dicen al visitante, moviendo patéticamente la cabeza:

El noventa por ciento de los que ingresan al Depósito de Menores vuelven… vuelven acusados de delitos más graves…

Lo bueno sería que no reingresaran y menos con acusaciones efectivas. La primera detención en el Depósito ha sido lo suficiente poderosa para pudrirles formalmente. Allí aprende las artes del robo, de la simulación, de la astucia. Para un chico que vive entre delincuentes lo terrible sería no adquirir la capacidad de delinquir que evidencian los mayores, ¡y qué mayores!

Allí se alojó Cocuccio, el famoso menor jefe de una banda de minores asaltantes y asesinos. Los pequeños lo mirarían con la misma admiración con que nosotros hemos admirado a Firpo o a Justo Suárez. Y pretender que un chico no admire a un delincuente, es pedirle peras al olmo.

Tanto admiran a los delincuentes que voy a citar un caso que me narró un profesor:

En el Depósito se permitía la entrada de revistas policiales. Una noche los chicos prepararon un fuga espectacular partiéndole la cabeza a un sereno y levantando el alambre, Interrogados, respondieron que habían aprendido la táctica de fuga en la revista policial.

¿Qué dicen los maestros de los menores delincuentes? Es interesarte escuchar sus opiniones, pues ellos revelan un desaliento profundo frente al desorden que rige el mecanismo de Depósito de Menores, y las instituciones en relación con él.

Nosotros no podemos hacer nada en favor de estas criaturas, mientras que la justicia amontone en un mismo establecimiento aulas, dormitorios y comedores, al chico honesto con el criminal nato, a la criatura traviesa e inocente con el degenerado y el perverso. Las clases que abarcan desde primero a quinto grado carecen en absoluto de eficacia. Lo que los chicos aprenden es nulo, y sólo se deciden a estudiar algo cuando se les interesa diciéndoles que el juez pondrá en libertad a los que demuestran condiciones para el estudio. Algunos son mentalmente tan atrasados que su verdadero lugar sería en un Instituto de Retardados Mentales. A este caso voy a contar una anécdota:

El maestro se encuentra dando clase de historia. Llama a un chico acusado de hurto y que estaba distraído, para preguntarle:

¿Quién fue San Martín?

No sé, señor. Yo no estoy complicado en ese asunto.

Se aburren

Los chicos se aburren desesperadamente. Las cuatro paredes del Depósito no son de lo más adecuado para hacer bailar de alegría a nadie. Y menos a una criatura separada de su familia.

Hasta hace cinco años la disciplina era rigidísima. Se les castigaba corporalmente. La entrada de maestros jóvenes hizo cambiar el sistema. Me atengo a informaciones de ellos.

Actualmente no se les pega. Se les aburre con tres horas en clase. Y las tres horas de clase tienen la finalidad de evitar que los mayores, en el recreo y las horas libres, se entretengan en pervertir a los menores.

Delincuentes, niños sin padres o sin tutores responsables, contraen allí en el Depósito la necesaria amistad para que el día que salgan a la calle no tengan mucho trabajo para buscar un cómplice. Se perfeccionan en el delito sin que maestros o celadores se hagan la menor ilusión respecto a las posibilidades de reforma de aquéllos.

Nosotros me dice un maestro necesitaríamos un establecimiento grande, con divisiones para menores que nunca han delinquido y para aquellos que están acusados en primer grado. Necesitaríamos un laboratorio de psicología experimental… porque muchos menores, que nosotros, por experiencia, clasificamos como anormales, los médicos de tribunales, de una sola ojeada, los clasifican de normales. Se evidencias las contradicciones más monstruosas entre el juicio de un médico, de un juez y de un maestro de menores. Las conclusiones son las siguientes: el chico es enviado de un establecimiento a otro, en el noventa por ciento de los casos, sin el menor criterio científico.

Nadie tiene la culpa

Y allí, ¡nadie tiene la culpa!

La policía se lava las manos, diciendo que ellos no tienen la alcaidía para refugio de menores sin hogar. Los maestros se disculpan, observando, y con razón, que todo aquello que les pueden enseñar a los chicos es anulado por los mayores delincuentes que conviven en el conjunto. El director del establecimiento, a su vez, arguye que el edificio es pequeño y que él no puede hacer milagros; la justicia pretexta detener a las criaturas para librarlas del contagio de la delincuencia callejera; el juez de menores y los defensores, no sé de qué modo se justifican; los médicos, que aseguran que un menor es un degenerado cuando no lo es, y que no lo es cuando lo es, como afirman los maestros prácticos en esto de analizar a los chicos…

Se ha llegado al colmo de lo irrisorio, y las contradicciones son ya tan monstruosas que la única conclusión que se desprende del examen de ellas, es la siguiente:

Nuestra sociedad, con o sin culpa, está fabricando delincuentes. Y los jueces lo saben. No pueden ignorarlo; están en la obligación de no ignorarlo.

El depósito de menores es un antro de corrupción. Sin tino, sin el menor escrúpulo moral, se encierra en él a criaturas cuyas travesuras interpretadas maliciosamente pueden ser clasificadas como delictuosas. Se toma como pretexto para fabricar menores delincuentes el hecho de que sus padres no pueden atender a sus necesidades en una forma correcta. Y para corregir un pequeño mal, se crea un mal mayor. Infinitamente mayor.

Lo dicen los maestros: Aquellos que entran al Depósito, salen; pero vuelven...

Lo antinatural sería que no volvieran, con los técnicos en delincuencia que están allí confinados pero con libertad para darles, a los que las ignoran, cátedras de robo, de vicio y de crimen.

Se aburre uno

Me dice un detenido de 16 años:

Se aburre aquí uno.

¡Cómo no se van a aburrir! Ni talleres para enseñarles alguna profesión hay allí.

Para salvar las apariencias se han instalado clases, que por otra parte tienen la ventaja de evitar que los encerrados conviertan la casa en un infierno. Eso es todo lo que se ha hecho por ellos. Nada más.

Lo más grave del caso es que artículos como el que el autor escribe, tienen la ventaja de remover el avispero pero durante algunos días. Luego todo vuelve a su curso normal, si es normal que un establecimiento policial tenga la directa inmediata función de fabricar chicos, la mayor parte traviesos, criminales futuros.

Con esta nota doy fin a las impresiones que he recibido de mi visita al Depósito de Menores Abandonados y Delincuentes, de la calle Tacuarí.

De lo que he escrito anteriormente, se desprende que la institución es un desastre. No llena ningún fin, como no sea engrosar las filas de la futura delincuencia.

El visitante inexperto encontrará allí chicos de todas las edades, uniformados con un traje azul, aulas limpias, dormitorios en orden y camas bien tendidas. Y nada más. Bajo esta apariencia de orden y de limpieza, camouflage eterno de todas las instituciones inútiles, se oculta el cáncer de una amenaza social:

Todo chico que en un momento de estupidez cometa una travesura peligrosa está amenazado por la justicia (que se propone corregirlo) de ser encerrado allí, para que allí, en vez de corregirse, se eche definitivamente a perder.

Quiénes son los culpables

¿Quiénes son los culpables de este desastre?

Los padres. Muchos menores son hijos de hogares constituidos irregularmente. No puede inculparse a un menor de no tener padre o madre, ni de carecer de ese indispensable sentido moral necesario para convivir en la comunidad.

¿La policía?

La policía se limita a proceder de acuerdo a instrucciones previas. Cuando un menor delinque, la función de la policía es colocar a este menor bajo la jurisdicción de un juez, para que el juez lo juzgue.

Llegamos entonces a los jueces.

¿Son culpables los jueces?

Creo que son los únicos culpables, y son doblemente culpables porque no existiendo una jurisprudencia adecuada respecto al menor, ni instituciones que encierren en su funcionamiento una garantía severa para salvar al menor, actúan frente a éste con más crueldad, por omisión, que ante los mayores de edad.

Un análisis simple:

En el Departamento de Policía, los cuadros de detenidos están divididos de acuerdo a un criterio simple, pero aceptable, incluso para los mismos detenidos. A un acusado sin antecedentes no se lo encierra jamás en el cuadro quinto entre profesionales de la delincuencia.

¿Por qué no se procede con el mismo criterio respecto a los menores? ¿Por qué se encierra al chico acusado por vagancia en el mismo local donde se encuentran menores cuya peligrosidad es infinitamente superior? ¿Por qué se aloja al niño cuya madre no puede mantenerlo en el mismo establecimiento donde el degenerado, el ladrón o el asesino conviven en armoniosa amistad?

Saltan a la vista lo que pueden contestar los jueces:

Nosotros no tenemos locales adecuados.

Frente a tal contestación no cabe sino otra:

Si no tienen locales adecuados, técnicos educadores adecuados, no priven de su libertad a un menor y menos para encerrarlo en una escuela de delincuentes.

La monstruosidad que se revela en este procedimiento, escalofría; sobre todo si se la contempla en el interior del mismo Depósito.

Encerrar a un chico porque ha robado una botella de vino o no ha devuelto la bicicleta que había alquilado, en compañía de otro menor que psíquicamente es un delincuente nato o un degenerado, es un contrasentido que no tiene nombre.

Y más contrasentido lo es si se considera que jueces, maestros, directores de establecimientos de esta naturaleza, NO CREEN EN LA EFICACIA DEL PROCEDIMIENTO.

Y como nadie cree...

Y llegamos al fin.

Como los maestros no creen que sus lecciones puedan reformar a un chico, ni los jueces tampoco lo creen, ni los celadores, ni nadie, nos encontramos en presencia de un mecanismo inútil, que funciona porque sí, entre el pesimismo de aquéllos que debían estar dedicando todas sus energías a la solución del problema, porque para ello el Estado les paga.

Unos se inculpan a los otros, y todos, a su vez, reposando en la convicción de que nada pueden hacer, dejan que el mecanismo del Depósito trabaje naturalmente; y la función natural de este Depósito de Menores es destruir cuanto poco bueno puede tener un menor que cae allí adentro.

Y este terrible desorden se ha prolongado a todas las instituciones de menores. Ni una sola llena las funciones para las que ha sido creada. El escepticismo de los de arriba ha reflejado en los de abajo, y la preocupación de todos estos funcionarios casi perfectamente inútiles, es una sola: no ser atacados por los periódicos. El resto les interesa escasamente.

Y como todo se contagia, a nuestra vez, nosotros los periodistas, que encaramos semejantes problemas, tenemos la íntima convicción de que toda campaña contra estas instituciones es perfectamente inútil. Durante dos o tres días las gentes comentan las anomalías que el diario les ha revelado, luego se olvidan. Nada se hace en favor de los menores. Y el terrible problema quedará en el aire hasta que venga otro que escriba estas notas... y la gente vuelva a olvidarse.